Olga Lecaye

La petite souris

lutin poche de l'école des loisirs

11, rue de Sèvres, Paris 6e

C'était il y a très longtemps,
lorsque les petits lapins,
comme les petits enfants,
perdaient leurs dents de lait.

Une fois qu'elle avait fait sa petite récolte de dents,
tantôt chez les uns, tantôt chez les autres,
elle s'en retournait chez elle, portant à l'épaule
son précieux petit sac jaune rempli d'ivoire.

Un soir, alors qu'elle confectionnait
bien tranquillement les cadeaux
qu'elle allait livrer le lendemain
à la famille Petitpois, un rat mal intentionné
jeta un coup d'œil par une fenêtre…

Il fit le tour de la maison, attendit
que Didi s'endorme… et s'empara
du sac de dents de la petite souris.
Que pouvait-il bien faire
d'un sac de dents de lapin ?

Eh bien, vous ne le devinerez jamais !
C'était pour les offrir à sa femme
comme bijoux et pour décorer leur maison !

Didi, qui s'était réveillée et avait suivi le rat,
vint simplement reprendre son petit sac jaune et,
laissant les deux rats ronfler comme des cochons
dans leur lit aux draps sales, elle retourna chez elle
sans faire plus d'histoires.

Avant le lever du jour, elle fit sa tournée
de cadeaux comme si de rien n'était.
Chaque lapin eut son petit cadeau
car heureusement aucune dent ne manquait.

De retour chez elle, qui vit-elle près de sa maison ?
Le vilain rat, prêt à lui voler à nouveau quelque chose !
« Eh ! Monsieur le Rat ! Qu'est-ce que tu fais là ? »
demanda-t-elle. Le rat, un peu gêné, lui raconta
ce qu'elle savait déjà : « C'est pour ma femme »,
dit-il, « elle raffole des bijoux, je n'y peux rien !
Elle m'oblige à voler tout ce qui ressemble à des bijoux.
Sinon, je suis puni. Vous imaginez dans quel embarras
je me trouve. Je préférerais voler autre chose,
je ne sais pas, du fromage, par exemple,
mais voilà, c'est ce qu'elle veut : des bijoux, des dents,
des perles, enfin tout ce qui brille… »
« Eh bien, je te propose quelque chose »,
lui dit la petite souris.

Et ils firent un marché : Didi lui fournirait
autant qu'il voudrait de dents de lapins
(après tout elle n'en faisait rien)
contre des cadeaux bien plus gros que ceux
qu'elle était capable de fabriquer elle-même.
« Marché conclu », dit le rat.
Et ils se séparèrent assez bons amis.

Alors que les lapins de la famille Petitpois
perdaient leurs dents pour la deuxième fois
— tous ensemble, bien sûr, car ils sont tous
jumeaux — un des petits lapins, réveillé par un bruit,
se leva tout doucement et s'installa à la fenêtre,
croyant surprendre la petite souris…
mais personne ne vint. Il attendit toute la nuit.
Pas de Didi. Et puis, longtemps après,
il alla se recoucher en pensant qu'elle ne viendrait plus.

Mais quelle surprise le lendemain matin !
Une énorme caisse les attendait,
remplie de cadeaux ! Il y avait des tricycles,
des chevaux à bascule, des vélos, une quantité
de jouets plus grands et plus extraordinaires
les uns que les autres.

Quelques jours plus tard, les lapins se dirent :
« Et si nous allions chez le dentiste nous faire
arracher toutes nos dents, nous aurions
encore plus de cadeaux ! »
Les voilà tous partis, accompagnés
de leur maman qui se dit que peut-être,
pour une fois, ses enfants avaient une bonne idée.

« Qu'avons-nous fait ? Qu'allons-nous faire ? »
s'écria tout d'un coup la maman lapin
sur le chemin du retour. « Je n'ai pas réfléchi !
Vous n'avez plus de dents pour manger ! »
Ils rentrèrent donc chez eux et attendirent
de longues semaines avant que leurs dents repoussent.
Que mangèrent-ils pendant ce temps ? De la purée
et du yaourt, un peu de neige et puis c'est tout.

Quant à Didi, la petite souris, elle n'avait plus
beaucoup de travail puisque les lapins
n'avaient plus de dents ! À présent elle s'occupe
davantage des enfants – nettement plus malins
que les petits lapins – qui attendent, eux,
bien sagement que leurs dents tombent
pour recevoir leurs cadeaux.

Première édition dans la collection lutin poche : janvier 1998
© 1996, l'école des loisirs, Paris
Loi numéro 49 956 du 16 juillet 1949 sur les publications
destinées à la jeunesse : mars 1996
Dépôt légal : janvier 1998
Imprimé en France par Maury à Manchecourt